VERITÀ SEPOLTE

VERITÀ SEPOLTE

An Italian story of mystery
for A2-B1 level learners

Sonia Ognibene

Sonia Ognibene

Verità sepolte

Edizione italiana

ISBN – 9798566371818

Copyright © 2020

Editore: Independently published

Ogni riferimento a persone esistenti
o a fatti realmente accaduti è puramente casuale.

*Alla mia amata Vieste
scolpita nell'anima
e ai miei lettori-studenti sparsi nel mondo
con l'augurio che un giorno possano visitarla
e inebriarsi della sua bellezza.*

Istruzioni di lettura: leggetele, mi raccomando! 9

Glossario 11

Capitolo 1 14

Riassunto capitolo 1 19

Capitolo 2 21

Riassunto capitolo 2 26

Capitolo 3 28

Riassunto capitolo 3 32

Capitolo 4 33

Riassunto capitolo 4 36

Capitolo 5 37

Riassunto capitolo 5 44

Capitolo 6 46

Riassunto capitolo 6 52

Capitolo 7 54

Riassunto capitolo 7 59

Capitolo 8 61

Riassunto capitolo 8 65

Capitolo 9 67

Riassunto capitolo 9 74

Capitolo 10 76

Riassunto capitolo 10 81

Capitolo 11 83

Riassunto capitolo 11 89

Capitolo 12 91

Riassunto capitolo 12 95

Capitolo 13 96

Riassunto capitolo 13 104

Capitolo 14 106

Riassunto capitolo 14 111

Capitolo 15 113

Riassunto capitolo 15 120

Prima di lasciare questo libro… 123

Istruzioni di lettura: leggetele, mi raccomando!

Cari studenti di lingua italiana, eccoci qui con il libro n.4, VERITÀ SEPOLTE, per studenti di livello intermedio A2-B1, che vi aiuterà a migliorare in modo semplice e coinvolgente!

VERITÀ SEPOLTE è un racconto giallo lungo, diviso in capitoli, scritto al presente e in prima persona, con i significati dei modi di dire, un riassunto alla fine di ogni capitolo e un glossario poliziesco. Vi informo che nei dialoghi i personaggi si danno spesso del "lei", perché nella lingua italiana usiamo questa forma cortese per rispettare un rapporto gerarchico o per rivolgerci a persone che non conosciamo.

La storia ha come protagonista un'ispettrice di polizia, Barbara Costa, ed è ambientata a Vieste, una caratteristica e bellissima città sul mare del Sud Italia. Nella storia ci sono parole come Marina Piccola, Vieste Vecchia, Pizzomunno, la Chianca Amara e, se siete curiosi, vi invito a *dare un'occhiata* (= *guardare*) questi due link https://it.wikipedia.org/wiki/Vieste, http://www.prolocovieste.it/vieste/la-chianca-amara/ per scoprire di cosa sto parlando.

Nel libro troverete anche dei nomi di città: Macerata, Civitanova (città delle Marche) Lesina, Poggio Imperiale (città della Puglia).

Bene, detto ciò, vi consiglio di leggere ogni capitolo senza cercare ogni singola parola non conosciuta, ma di provare a comprendere il senso del testo per non spezzare il flusso della lettura. Solo in un secondo momento, scrivete su un quaderno tutte le parole e i modi dire che non conoscete e memorizzateli ripetendoli ogni giorno, perché questa pratica aiuterà moltissimo il vostro apprendimento.

E a voi, cari lettori di madrelingua italiana, dico soltanto: rilassatevi e godetevi semplicemente la storia.

Buona lettura a tutti!

Glossario

AGENTE = poliziotto (*police officer*)

ARMA DA TAGLIO = oggetto con una lama (*object with a blade*)

ASSASSINO/ASSASSINI = chi uccide un altro essere umano (*killer-s*)

COLPEVOLE/COLPEVOLI = responsabili di un crimine (*culprit-s*)

COMMISSARIO = capo della polizia (*chief of police*)

DECOMPOSIZIONE = processo di distruzione di un corpo dopo la morte (*decomposition*)

DELITTO = atto commesso da chi uccide (*crime*)

FENDENTI = colpi dati con un'arma da taglio (*slashes*)

INDAGARE = fare ricerche approfondite (*to investigate*)

INDIZIO = fatto che fa pensare alla colpevolezza di qualcuno (*clue*)

INTERROGARE = fare delle domande per ricevere informazioni (*to interrogate*)

ISPETTRICE = donna con una qualifica inferiore al vicecommissario (*inspector*)

MEDICO LEGALE = medico che esamina un cadavere per scoprirne le cause della morte (*coroner*)

MORTE = fine della vita (*death*)

MOVENTE = motivo che spinge qualcuno a commettere un delitto (*motive*)

PROVE = fatti che dimostrano la colpevolezza di qualcuno (*evidence*)

PUGNALATE = colpi di pugnale (*stabs*)

REATO = atto vietato dalla legge di uno Stato (*felony*)

SCENA DEL CRIMINE = luogo in cui è stato commesso un omicidio (*crime scene*)

SCIENTIFICA = squadra che lavora sulla scena del crimine (*crime scene investigators*)

SOSPETTO/SOSPETTI = opinioni di colpevolezza su qualcuno (*suspicion-s*)

STUPRO = violenza sessuale (*rape*)

VICECOMMISSARIO = qualifica inferiore al commissario (US - *police deputy chief*)

VITTIMA = chi perde la vita in modo violento (*victim*)

Capitolo 1

È un'afosa domenica di luglio.
In via Trieste 16 c'è un assembramento di adulti e ragazzini curiosi. C'è chi urla e chi bisbiglia. Cerco di allontanarli, ma loro restano fermi davanti al palazzo bianco con le persiane verdi.
Vedo il vicecommissario Palmisano, un gigante *in sovrappeso (= grasso)* che *si fa strada (= cammina con difficoltà)* tra la folla, spingendo.

— Fate passare! Tornatevene a casa! – urla.

Mi viene incontro (= viene verso di me) con un sigaro tra le dita e, sbuffando fumo dalla bocca, mi chiede:

— Allora, Costa, novità dal medico legale?
— Purtroppo no, è ancora su con la Scientifica, però dovrebbe uscire *a momenti (= fra poco)*.
— Speriamo... Ma che è questa puzza? – chiede con una smorfia di disgusto.

- Sicuramente viene dall'appartamento della vittima che...
- Sì sì, basta, l'avevo capito! – mi interrompe, alzando la mano verso la mia faccia. –Ma ha scoperto almeno qualcosa nel frattempo?

Faccio un respiro lungo per *mantenere la calma* (= *non arrabbiarmi*).

- Sì, ho fatto un paio di domande qua fuori: la vittima è Beatrice Zara.
- Età?
- Circa quarant'anni. La donna era venuta in vacanza a Vieste domenica scorsa.

Il vicecommissario scuote la testa, poi guarda in alto per un istante e mi chiede:

- A che piano viveva?
- Al terzo piano, l'ultimo. La porta dell'appartamento non è stata forzata, quindi forse la donna conosceva il suo assassino.
- Questo è da vedere! – ribatte.

— Infatti ho detto: forse.

Palmisano mi sbuffa di nuovo del fumo in faccia, io giro la testa per evitarlo e lui *fa un ghigno* (= *sorride in modo cattivo*).

- Le finestre dell'appartamento erano aperte o chiuse? – continua lui.
- Di sicuro una finestra era aperta. I vigili del fuoco sono entrati proprio da lì.
- E chi ha chiamato i vigili del fuoco?
- Corrado Tricarico, il proprietario del palazzo che vive al primo piano. Qualcuno si è lamentato con lui per una puzza di "animali morti" che da giorni si sentiva nelle scale e sulla strada.
- Afa e puzza: che accoppiata merdosa! – conclude il vicecommissario.

Mi giro verso il palazzo e vedo uscire il medico legale con le guance *in fiamme* (= *rosse*) e la camicia bagnata di sudore. Si avvicina a noi, dicendo frettolosamente:

- Allora, la donna è stata trovata in cucina, tra il tavolo e il lavandino. È stata colpita con cinque fendenti alla schiena. Il caldo ha accelerato il processo di decomposizione, ma è possibile che la morte sia avvenuta tra il 17 e il 18 luglio.

– Era nuda? – chiede il vicecommissario.

– No, vestita. Sotto portava anche la biancheria intima. Non c'è stato stupro.

– Qualche altro segno di violenza? – dico io.

– Nessuno. Non ho trovato lividi, escoriazioni, fratture... bene, se non ci sono altre domande io andrei.

– Ci sono – risponde Palmisano. – La Scientifica non ha ancora trovato l'arma del delitto?

– No. Comunque, se va su può chiederlo direttamente a loro. Ci vediamo – dice al vicecommissario, poi sposta lo sguardo su di me. – Ispettrice, buona giornata.

– Grazie, anche a lei – rispondo.

Mentre il medico legale si allontana, il vicecommissario mi urla:

– E lei che fa ancora qui? Vada a interrogare le persone del palazzo!

"Che uomo orribile" penso.

Senza dire neanche una parola, prendo con me l'agente Barra ed entro nel palazzo. Sarà una lunga giornata!

Riassunto capitolo 1

All'ultimo piano di un condominio in via Trieste 16 a Vieste, i vigili del fuoco trovano il corpo senza vita di una donna.

Fuori dal palazzo, oltre alle tante persone curiose, c'è l'ispettrice Costa con alcuni agenti di polizia.

Il vicecommissario Palmisano, che è alto, grasso e sgarbato, arriva e chiede subito all'ispettrice alcune informazioni sul caso.

L'ispettrice Costa risponde che la donna morta si chiamava Beatrice Zara, aveva circa quarant'anni ed era venuta una settimana prima a Vieste per passare le vacanze estive.

A chiamare i vigili del fuoco è stato il proprietario del palazzo, Corrado Tricarico, spinto da qualcuno che continuava a sentire un terribile odore di "animali morti".

Poco dopo dal portone del palazzo esce il medico legale. L'uomo raggiunge l'ispettrice e il vicecommissario, poi dice loro che la donna, tra il 17 e il 18 luglio, è stata colpita cinque volte alla schiena con un'arma da taglio. La vittima non è stata picchiata e non presenta segni di violenza sessuale.

Quando il medico legale si allontana, il vicecommissario ordina all'ispettrice di fare domande alle persone che abitano nel palazzo. L'ispettrice esegue gli ordini silenziosamente e pazientemente, accompagnata dall'agente Barra.

Capitolo 2

Entrati nel palazzo veniamo avvolti dalla puzza di morte. Saliamo al primo piano e ci fermiamo davanti alla prima porta. L'agente Barra suona il campanello.
Ci apre la porta un uomo con i capelli grigi, di circa settant'anni. Non è molto alto, ha una *pancia da bevitore* (= *pancia gonfia tipica di chi beve alcolici*), però ha braccia e gambe muscolose per un uomo della sua età. Indossa un pantaloncino nero e una canotta verde con delle macchie di *unto* (= *olio*).

– Buongiorno! È il signor Tricarico?
– Sì, sono io – risponde con voce rauca.
  Bene, sono l'ispettrice Costa e questo è l'agente Barra. Ho bisogno di farle qualche domanda per l'indagine. Possiamo entrare?

L'uomo fa di sì con la testa, spalanca la porta e ci guida in cucina, dove una parte del tavolo è apparecchiata per il pranzo. Sopra il tavolo c'è una bottiglia di vino, un bicchiere e un piatto di spaghetti alle vongole. Con un gesto ci invita a sederci.

— Mi dispiace disturbarla, lei continui pure a mangiare – dico con un sorriso.

Lui ricambia il sorriso, prende la forchetta, avvolge gli spaghetti e se li mette in bocca.
Mentre mi siedo, noto che la cucina è sporca e disordinata: c'è polvere dappertutto, il tavolo è coperto di briciole di pane, i piatti e le pentole sono ammucchiati nel lavandino e nell'aria c'è odore di minestra e pesce marcio.

— Dunque, signor Tricarico, ha chiamato lei i vigili del fuoco?

L'uomo si prende un po' di tempo per masticare gli spaghetti e ingoiarli, poi risponde:

— Sì, sono stato io. Iafisco mi ha detto che c'era una puzza tremenda che veniva dall'appartamento di Zara. Mi ha pure detto che aveva bussato alla sua porta, ma niente. Neanche un rumore.
— Chi è Iafisco?

– La signora che sta all'ultimo piano – risponde l'uomo, infilando in bocca un'altra forchettata di spaghetti.
– Ah, capito… – dico, guardando scendere sul mento di Tricarico le gocce di sugo alle vongole.
– Quando Iafisco mi ha detto così, sono andato anch'io a suonare alla porta di Zara e, visto che non mi rispondeva nessuno, ho chiamato i pompieri.
– Lei conosceva la signora Zara?
– Da quando era una bambina. Ho venduto io l'appartamento al padre.
– Quindi sa se la signora era sposata, se aveva figli…
– Sposata sì, figli… *boh* (= *non lo so*). Viveva a Macerata. A Vieste non veniva mai.

Io, intanto, prendo nota delle informazioni sul mio taccuino.

– In questi giorni ha parlato con la signora Zara? – chiedo.
– Qualche giorno fa - dice masticando gli spaghetti. – Lei mi ha detto buongiorno, ma io non l'ho riconosciuta subito… non la vedevo da tanti anni.

- E poi?
- Mi ha detto che era venuta qua per le vacanze, questo è tutto – dice, *scolandosi (= bevendo interamente)* un bicchiere di vino.
- Signor Tricarico, quella è stata l'unica volta che l'ha vista?

Lui si ferma con la forchetta a mezz'aria e poi aggiunge:

- Veramente non mi ricordo.

Sono un po' delusa da questa conversazione, perciò aggiungo:

- Senta, lei vive da solo o posso parlare con qualcuno della sua famiglia?
- Famiglia? *Meglio solo che mal accompagnato* (proverbio italiano = *è meglio stare da soli che stare con le persone sbagliate*).

Adesso capisco perché c'è sporco e disordine in questa casa.

– Allora le lascio finire il pranzo. Se si ricorda qualcos'altro, può chiamare a questo numero di telefono e chiedere di me. Arrivederla – concludo, lasciandogli il biglietto sul tavolo.

Lui si alza e ci accompagna all'uscita.

– Buongiorno – dice, e chiude la porta alle nostre spalle.

Di nuovo quell'odore di morte nelle nostre narici. Sto per suonare il campanello dell'appartamento di fronte, quando vedo una ragazzina di dodici-tredici anni spuntare in cima alle scale. Ci sta fissando.

– Torna in casa – le dico, preoccupata per il cattivo odore che sta respirando.

Lei mi fa di no con la testa, scende *in fretta* (= *velocemente*) le scale e ci raggiunge.

– Ho qualcosa da dire – sussurra, guardando prima me e poi l'agente Barra. – Forse è importante.

Riassunto capitolo 2

L'ispettrice Costa e l'agente Barra salgono al primo piano. L'agente suona alla porta del signor Tricarico e viene ad aprire un uomo di circa settant'anni che, nonostante la pancia, ha un fisico giovanile.

È ora di pranzo e Tricarico porta l'ispettrice e l'agente nella sua cucina molto sporca e disordinata.

L'ispettrice gli fa delle domande e lui, continuando a mangiare un piatto di spaghetti alle vongole, risponde che aveva chiamato i vigili del fuoco perché la signora Iafisco gli aveva chiesto di risolvere il problema della puzza nel condominio; che Beatrice Zara aveva sicuramente un marito e forse dei figli; e che la signora era a Vieste per le vacanze estive.

Quando l'ispettrice chiede a Tricarico se ha visto altre volte la signora Zara in quella settimana, lui risponde che non se lo ricorda.

L'ispettrice vuole parlare con qualcun altro della sua famiglia, ma l'uomo dice di vivere da solo in quella casa, ed è meglio così.

L'ispettrice è un po' delusa dalla conversazione, comunque lascia a Tricarico il numero della polizia ed esce dall'appartamento insieme al suo collega.

Mentre stanno per suonare il campanello della porta di fronte, vedono una ragazzina in cima alle scale.

La ragazzina scende, va verso di loro e dice che forse ha delle informazioni interessanti per la polizia.

Capitolo 3

— Come ti chiami? – le chiedo.

— Mirella.

— Io Barbara.

— Sei una poliziotta?

— Sì, tranquilla, sono una poliziotta.

Lei mi guarda con sospetto.

— Allora perché non porti la divisa come lui? – mi chiede indicando l'agente Barra.

— Perché sono ispettrice e posso portare anche dei vestiti normali.

— Uhm... ok.

— Allora, Mirella, che cosa volevi dirci ? *Siamo tutt'orecchi* (= *ti stiamo ascoltando attentamente*).

— Beh, ho visto la signora Zara martedì notte.

— Intendi martedì 16, vero?

— Sì, il 16.

— Sei sicura che fosse proprio martedì?

– Strasicura, perché quella sera ho litigato con la mia amica Rosalba.
– E dove hai visto la signora Zara?
– Ero seduta fuori, sullo scalino davanti al portone del palazzo, e stavo mandando dei messaggi col cellulare proprio a Rosalba. A un certo punto, era circa mezzanotte, ho visto entrare nel palazzo la signora Zara con un uomo.

Io e l'agente Barra ci scambiamo uno sguardo di intesa: finalmente qualcosa di interessante!

– Mirella, hai visto bene l'uomo in faccia? Potresti riconoscerlo?
– Veramente in faccia non l'ho visto, però ho visto le sue scarpe!

"Oh no!" penso.

– Erano scarpe da ginnastica scure, penso nere, e avevano intorno alla caviglia una cintura con delle piccole borchie argentate – continua Mirella.
– Che tipo di borchie? A punta, rotonde…

- A punta. Tre borchie argentate a punta. Non ho mai visto scarpe così, soprattutto in estate, con questo caldo. Ecco perché *mi sono rimaste in testa (= me le ricordo)*.

Il dettaglio delle scarpe è davvero interessante. Quell'uomo potrebbe conoscere cose della signora Zara che noi non sappiamo o essere addirittura l'assassino.
Un istante dopo sentiamo uno strillo per le scale:

- MIRELLA!
- È mia nonna, devo andare! – dice, risalendo le scale.
- Mirella! – la richiamo io.

La ragazzina si ferma e io mi affretto a chiederle un'ultima cosa:

- Se hai visto solo le scarpe, come hai fatto a capire che la donna fosse la signora Zara?
- Perché portava delle infradito spettacolari! Gliele avevo viste ai piedi la sera prima. Erano dorate e con delle decorazioni marine: stelle di mare, coralli, conchiglie…

– Va bene, Mirella, vai pure. Ci sei stata di grandissimo aiuto.

In quel momento l'agente Barra suona il campanello dell'altro appartamento. Sulla porta non c'è nessun nome. Mirella si ferma ancora una volta e aggiunge:

– Ah, in quella casa non c'è nessuno! La famiglia è partita una settimana fa.
– MIRELLA! – urla di nuovo la nonna della ragazza.

La ragazzina sale *di corsa* (= *correndo*) le scale e sparisce alla nostra vista. Io guardo l'agente Barra e dico:

– Saliamo anche noi.
– Agli ordini, ispettrice.

Riassunto capitolo 3

L'ispettrice e la ragazzina si presentano.

La ragazzina si chiama Mirella e dice all'ispettrice che martedì 16 luglio, verso mezzanotte, mentre era fuori dal portone e mandava degli SMS alla sua amica Rosalba, ha visto un uomo entrare nel palazzo con la signora Zara.

Quando l'ispettrice chiede se ha guardato bene la faccia dell'uomo, Mirella risponde che in realtà ha visto solo le sue scarpe molto particolari: da ginnastica, nere e chiuse da una cintura con tre borchie argentate a punta. Mirella aggiunge che è stato strano per lei vedere una persona portare delle scarpe simili con quel caldo.

Una donna urla il nome della ragazzina: è la nonna. Mirella si affretta a tornare a casa, ma prima dice all'ispettrice che nell'appartamento di fronte al signor Tricarico non abita nessuno da una settimana.

Quindi anche l'ispettrice e l'agente salgono le scale per andare al piano successivo.

Capitolo 4

Barra suona il campanello del primo appartamento al secondo piano. Sulla porta c'è una targhetta con la scritta: G. Minervino.

Ci apre una donna anziana, mingherlina, con i capelli cortissimi e un viso arcigno. Indossa un camice blu a righe verticali bianche, lungo fino alle ginocchia, che la fa sembrare ancora più magra.

- Che volete? – chiede sospettosa.

È sicuramente la nonna di Mirella.

- Sono l'ispettrice Costa e questo è l'agente…
- Non so niente della signora. Buongiorno! – mi interrompe, chiudendomi la porta in faccia.

Suono di nuovo il campanello e la porta si riapre *di scatto* (= *improvvisamente*).

- Allora? Ho già detto che non so niente!
- Si calmi, devo solo farle qualche semplice domanda.

La donna incrocia le braccia e mi fissa *in cagnesco* (= *con avversione*).

– Facciamo presto! – aggiunge.
– Signora, da quanti anni abita in questo palazzo?
– Da quarantadue anni.
– Quindi conosceva la signora Zara.
– La conoscevo da quando era una bambina… le davo le caramelle e la portavo anche in chiesa qualche volta. Era innocente a quei tempi.
– Perché dice: "era innocente a quei tempi"?
– Perché quando l'ho rivista era diventata un'altra persona.
– Era molto cambiata fisicamente?
– Beh, fisicamente di sicuro! Invecchiamo tutti, sa? Ma non solo per quello.
– E per cos'altro era diversa? – le chiedo, sperando di tirarle fuori qualche informazione interessante.
– Insomma, non ha capito? *Era una poco di buono* (= *una donna che faceva sesso con molti uomini*)!
– Quindi lei ha visto la signora Zara con diversi uomini?

– *Sissignore (= sì, certamente)!*
– E quanti ne ha visti?
– Almeno cinque.
– Saprebbe riconoscerli?
– Due no, ma tre sicuramente sì, perché vivono dietro quella porta che avete alle spalle. Arrivederci! – conclude, senza aspettare il nostro saluto.

Io e Barra ci giriamo e fissiamo entrambi quella porta.
Suono il campanello e, mentre aspetto che qualcuno venga ad aprirci la porta, mi chiedo solo se mi ritroverò faccia a faccia con l'assassino o… gli assassini di Beatrice Zara.
Non mi resta che (= non devo fare altro che) scoprirlo.

Riassunto capitolo 4

L'ispettrice e l'agente Barra sono arrivati al secondo piano. L'agente suona alla porta della signora Minervino, la nonna di Mirella.

La Minervino, una donna magra e con un'espressione molto severa, non vuole parlare con loro perché dice di non sapere niente della signora Zara ma, dopo l'insistenza dell'ispettrice, afferma che la vittima faceva sesso con diversi uomini.

Quando l'ispettrice chiede il motivo di queste parole, la signora Minervino risponde che in pochi giorni ha visto cinque uomini salire a casa della Zara e lei può riconoscerne tre perché abitano proprio nell'appartamento di fronte al suo, poi saluta e ritorna in casa.

L'ispettrice e l'agente si girano verso la porta dove abitano i tre uomini e, mentre l'ispettrice suona il campanello, pensa che forse sta per conoscere l'assassino o gli assassini della Zara.

Capitolo 5

Davanti a noi c'è un giovane biondo *a torso nudo (= con la parte superiore del corpo senza vestiti)* di circa vent'anni, con gli occhi gonfi e l'alito pesante. Non capisce perché ci troviamo lì. Stava dormendo, ma ci fa entrare. L'appartamento è buio. All'interno c'è un caldo infernale e la puzza di fumo è nauseante.

- Potrebbe chiamare i suoi coinquilini... e anche aprire le persiane, *se non le dispiace (= se non è un problema per lei)*? Qui dentro non si respira.
- Sì... un momento – risponde lui, andando verso la finestra della cucina.

Mentre il giovane spalanca le persiane, io e Barra diamo un'occhiata in giro: la cucina ha bicchieri sporchi sul tavolo, sui ripiani, nel lavandino. Controllo la pattumiera e trovo quasi tutte bottiglie vuote di birra e vodka.
Il giovane esce dalla cucina e va dai suoi amici che suppongo stiano ancora dormendo. Quasi subito ci

arrivano le loro voci. Dal tono mi sembrano nervosi e infastiditi.

— La polizia? – dice uno di loro.
— Ma che vogliono?
— Non lo so, ma sbrigatevi!

Io mi siedo al tavolo e sposto i bicchieri sporchi da un lato. Barra, invece, resta in piedi. Dopo alcuni minuti i tre giovani arrivano in cucina e sono tutti vestiti con pantaloncino e maglietta. Ci salutano e si siedono intorno al tavolo.

— Dunque, voi non *siete al corrente di* (= *sapete*) quello che è successo? – comincio io.

I tre si guardano confusi.

— Che cosa dovremmo sapere? – chiede il giovane calvo con la barba.
— Al piano di sopra è stato trovato il corpo senza vita della signora Zara.

Il giovane magro coi capelli ricci e neri si porta la mano alla bocca.

– Non è possibile! – esclama.

Anche gli altri due sembrano sconvolti dalla notizia.

– La conosceva? – chiedo.
– Sì, da pochi giorni – risponde.
– Come l'ha conosciuta?... Ma prima mi dica il suo nome.
– Mi chiamo Alfredo Prenna.
– Continui pure, signor Prenna.
– Beatrice era una donna straordinaria, una persona speciale. Intendo, veramente speciale.

Uhm… questo ragazzo dice l'esatto opposto della signora Minervino.

– In che senso? – chiedo io.
– Nel senso che aveva un dono: le "visioni".
– Cioè? Era una specie di… veggente, chiromante?
– Una specie. Se toccava qualcuno, lei sentiva delle vibrazioni, delle sensazioni. Anche un oggetto

poteva "parlare" per Beatrice. Noi due ci siamo conosciuti proprio per un braccialetto che mi era caduto dal polso, mentre scendevo le scale del palazzo. Lei lo ha raccolto, me l'ha restituito e mi ha detto: "Non stare male per lui. Non era sincero con te". Io sono rimasto senza parole: quella donna sconosciuta, non so come, aveva capito che quel braccialetto era il regalo del ragazzo che mi aveva lasciato e che mi stava facendo soffrire.

I due amici confermano le parole del giovane, annuendo.

— Signor Prenna, lei è stato mai nell'appartamento della signora Zara?
— Sì, perché volevo farle molte domande sul mio ex ragazzo. Quando ho suonato alla sua porta è stata gentilissima: mi ha fatto entrare in casa e ha risposto a tutte le mie domande. Povera Beatrice, mi dispiace tanto… ma che cosa le è successo, com'è morta?
— Stiamo indagando. Mi dica, quando è stata l'ultima volta che l'ha vista?

— La sera che sono andata a casa sua, lunedì.
— Il 15?
— Sì, erano più o meno le nove e mezza di sera.

Sto pensando che se Alfredo Prenna è gay, non è sicuramente andato dalla signora Zara per fare sesso con lei, come affermava la signora Minervino.
Ora è il turno del giovane biondo.

— Nome? – gli chiedo.
— Tiziano Magnini.
— Allora, signor Magnini, anche lei è stato nell'appartamento della signora Zara?
— Sì, pure io. Ci sono stato per un caffè dopopranzo... con Matteo – aggiunge, indicando il ragazzo calvo con la barba.
— Quando siete andati a casa sua e perché?
— Ci siamo andati martedì perché volevamo sapere qualcosa sulla nostra relazione – dice Matteo, sorridendo a Tiziano.

Tutti e tre sono gay, quindi.

— La signora Zara, vi sembrava preoccupata per qualcosa? – continuo io.

Tiziano e Matteo rispondono di no, ma Alfredo dice:

— A dire la verità, c'è stato un momento in cui è successa una cosa strana.
— Cosa?
— Eravamo in cucina, lei mi raccontava del mio ex e io l'ascoltavo attentamente. A un certo punto ha smesso di parlare e ha cominciato a toccarsi la testa. Io mi sono preoccupato perché mi sembrava confusa. Le ho detto: "Tutto bene?", ma lei non mi ha risposto. Poi si è alzata dalla sedia, è andata nel corridoio e ha cominciato a camminare su e giù. Quando le ho chiesto perché si era alzata, mi ha detto che da *un po' di* (= *alcuni*) giorni sentiva delle strane vibrazioni.
— Solo questo?
— Sì, non mi ha detto altro.
— Va bene, allora grazie per la collaborazione – concludo sospirando.

I tre ragazzi ci salutano mentre io non ho ancora idea su come *sbrogliare questa matassa* (= *trovare una soluzione*).
Ma devo ancora interrogare la signora Iafisco. Spero tanto che lei, come Mirella, possa darmi qualche buon indizio.

Riassunto capitolo 5

Un giovane biondo apre la porta e fa entrare l'ispettrice e l'agente. Si vede immediatamente che si è appena svegliato.

L'appartamento dove vivono i tre uomini è buio e puzza di fumo. Il caldo all'interno è terribile.

L'ispettrice Costa gli ordina di andare a chiamare le altre persone che stanno nell'appartamento con lui e anche di aprire le finestre per far entrare luce e aria. Il giovane biondo obbedisce.

L'ispettrice nota che nella cucina ci sono molte bottiglie di alcolici vuote, poi si siede al tavolo e aspetta.

Dopo un po' arrivano i tre giovani e si siedono intorno al tavolo.

L'ispettrice comincia a interrogare per prima il giovane con i capelli ricci e neri, Alfredo Prenna. Il ragazzo racconta che gli era caduto un braccialetto sulle scale, la Zara lo aveva raccolto e aveva subito capito che era il regalo del suo ex ragazzo bugiardo. La signora Zara, quindi, era una sensitiva: riusciva a sentire delle vibrazioni negative o ad avere delle visioni del passato, del presente e del futuro.

Alfredo Prenna era stato a casa della Zara lunedì 15 luglio, per avere altre informazioni sul suo ex ragazzo. Proprio mentre era a casa della vittima, Prenna ricorda che Beatrice si era sentita male e aveva cominciato a camminare per la casa, dicendo di sentire delle strane vibrazioni.

Anche il giovane biondo, Tiziano Magnini, e il giovane calvo con la barba, Matteo, confermano i poteri extrasensoriali della Zara, infatti dicono di essere stata da lei per sapere qualcosa sulla loro storia d'amore.

Tutti e tre i ragazzi, essendo gay, non hanno fatto sesso con la Zara come pensava la signora Minervino e, al momento, non sembrano aver avuto alcun motivo per uccidere la Zara, perciò l'ispettrice e l'agente escono dall'appartamento e vanno al terzo piano per ascoltare le dichiarazioni della signora Iafisco.

Capitolo 6

Il caldo è spaventoso. Sono così sudata che ho i vestiti incollati alla pelle.
Siamo all'ultimo piano: alla sinistra vediamo gli uomini della Scientifica con le tute di protezione che stanno completando il loro lavoro nell'appartamento della vittima, a destra ci troviamo davanti alla porta della signora Iafisco. Suono il campanello e, all'istante, una donna bassa e rotondetta come una matrioska spalanca la porta. Ha circa settant'anni, ma i suoi piccoli occhi scuri sono vispi come quelli di una bambina.

— Buongiorno, accomodatevi! – ci dice tutta eccitata.
— Venite, è meglio parlare in salotto, c'è l'aria condizionata.

Io e il mio collega seguiamo la donna e passiamo da un corridoio piuttosto buio a una stanza grande, ordinata e arredata con mobili classici. È freschissima ed è illuminata da luce naturale. Ci accomodiamo sul divano e notiamo che sul tavolino ci sono tre bicchieri, una caraffa con il tè e un'altra con acqua e limone.

— Vi stavo aspettando – aggiunge. – Cosa preferite?
— Per me solo acqua e limone, grazie mille.
— Tè, grazie. – dice l'agente Barra, mentre la donna versa il contenuto delle caraffe nei bicchieri.
— Dunque, signora, è stata lei a dire al signor Tricarico di chiamare i vigili del fuoco?
— Beh, non proprio, sono andato da lui e gli ho detto di risolvere il problema della puzza che proveniva dall'appartamento della povera Beatrice. Ovviamente prima di andare da lui avevo già provato a vedere se la signora era in casa.
— Certo… e si ricorda quando ha visto la signora Zara l'ultima volta? – chiedo facendo un piccolo sorso.
— Di sicuro mercoledì. Avevo sentito dei rumori nelle scale, così ho guardato dallo spioncino e ho visto un uomo suonare alla porta di Beatrice.
— Quindi ha visto questa persona *di spalle* (= *da dietro*)?
— Sì, solo di spalle.
— Ma saprebbe almeno dirmi che età poteva avere?

— Forse trenta, quarant'anni.
— Perciò lei esclude categoricamente un uomo molto giovane...
— Sì, lo escludo.
— La prego, vada avanti.
— Dunque, Beatrice ha aperto la porta e gli ha detto qualcosa che non ho capito.
— Com'era il tono della sua voce? Sorpreso, impaurito, allegro? – chiedo, sperando in una risposta più precisa.
— Un po' sorpreso e un po' arrabbiato.
— E la Zara ha mandato via quest'uomo o l'ha fatto entrare?
— Purtroppo a questo non so rispondere, perché proprio in quel momento ha squillato il telefono: era mia cugina di Milano, che chiama appunto ogni mercoledì alle dieci e mezza di sera.
— Ho capito.

Sono terribilmente delusa. Bevo un altro sorso d'acqua, mi asciugo il sudore che si sta raffreddando sulla fronte e poi ricomincio con le domande.

— Lei conosceva bene la signora Zara?

La donna-matrioska ha gli occhi tristi.

— Ispettrice, io la conoscevo da quando ero una bambina. Poveretta, che brutta fine... – dice mettendosi una mano sugli occhi.
— Veniva spesso a Vieste?
— Quando Beatrice era piccola veniva sempre qui con la famiglia, ma poi lei è cresciuta e i genitori hanno cominciato a viaggiare di più all'estero. Il padre a un certo punto si è pure ammalato, quindi per anni e anni non sono più venuti qui. A spedire a Macerata le bollette condominiali e a occuparsi dei problemi di manutenzione dell'appartamento ci pensava Tricarico.
— Chiaro. Senta, ha parlato con la signora in questi giorni?
— Domenica scorsa. Ho visto questa bella donna coi capelli lunghi, rossi, vestita elegante che mi ha detto: "Lucia, non mi riconosci più?" e abbiamo cominciato a parlare. Così ho saputo che i genitori erano morti, il papà a settembre dell'anno scorso e

la mamma ad aprile, che lei voleva ristrutturare l'appartamento... a questo proposito mi ha anche chiesto se conoscevo qualcuno che faceva questi lavori.
— E lei gli ha fatto il nome di qualche operaio?
— No, perché non conosco nessuno.
— E, mi dica, lei sa qualcosa del marito?
— Di lui so *poco o niente* (= *pochissimo*), ma Beatrice mi ha detto che si era separata da lui *un annetto* (= *quasi un anno*) fa.
— E avevano figli?
— No, per fortuna niente figli.
— Quindi la Zara è venuta qui da sola in vacanza?
— Sì, da sola.
— Conosce il nome dell'ex marito?
— Mi dispiace, non lo so.

Ringrazio la signora Iafisco per la collaborazione e ritorno al caldo e all'odore asfissianti del condominio.

La Scientifica ha quasi finito il suo lavoro e fra poco sarà portato via anche il corpo della signora Zara.

Usciamo dal palazzo, diretti in questura. Devo consegnare ai miei superiori le dichiarazioni dei condomini. Speriamo solo che queste informazioni possano essere utili.

Riassunto capitolo 6

La porta dell'appartamento di Beatrice Zara è aperta. L'ispettrice e l'agente vedono la Scientifica che sta ancora lavorando, poi suonano alla porta della signora Iafisco. La donna, bassa e rotonda come una bambola russa, li fa accomodare subito in salotto, dove c'è ordine, luce e una piacevole frescura.

La signora Iafisco dice all'ispettrice che è stata lei a lamentarsi con Tricarico della puzza che veniva dall'appartamento di Beatrice e lui, per questo motivo, ha chiamato i vigili del fuoco. Dopo dà all'ispettrice un'informazione molto interessante: mercoledì 17, verso le 22:30, un uomo di trenta-quarant'anni era davanti all'appartamento di Beatrice e ha suonato il campanello. Beatrice ha aperto la porta di casa e ha detto qualcosa all'uomo con un tono sorpreso e arrabbiato. La signora Iafisco, però, non ha visto entrare l'uomo in casa, perché in quel momento ha dovuto allontanarsi per rispondere al telefono.

Le domande continuano e la signora dice che conosceva la vittima da quando era una bambina, perché passava a Vieste le vacanze estive con la famiglia, anche se per molti anni non ha visto più né lei né i suoi genitori. Aggiunge poi che delle spese condominiali e della manutenzione della casa si occupava Tricarico, che Beatrice si era separata dal marito circa un anno prima, che non aveva figli, che voleva ristrutturare l'appartamento e che stava cercando degli operai per i lavori.

L'ispettrice ringrazia la signora Iafisco e decide di andare subito in questura per consegnare le dichiarazioni dei condomini al commissario Totaro e al vicecommissario Palmisano.

Capitolo 7

Ho passato una notte inquieta a riflettere sui racconti dei condomini e questa mattina ho mal di testa.

Il commissario Totaro mi chiama nel suo ufficio. Entro e lo vedo seduto alla sua scrivania. Di fronte a lui c'è il vicecommissario Palmisano, anche lui seduto, accanto a un uomo che non conosco.

Saluto e mi accomodo sulla sedia libera. L'uomo sconosciuto mi guarda per un istante e io resto colpita dai bei lineamenti del suo viso: ha gli occhi verdi, la barba appena accennata, i capelli brizzolati e mossi. Inoltre indossa una camicia a righe celesti e un paio di pantaloni grigi di ottima fattura.

- Ispettrice, questo è Andrea Maggio, il marito della signora Zara – mi informa il commissario, poi guardando l'uomo aggiunge: - Dunque, da quanto tempo non vedeva sua moglie?

— Dal 14 luglio. L'ho accompagnata io con la macchina a Vieste, perché lei ha sempre avuto paura di guidare in autostrada.
— E quanto tempo è rimasto qui?
— Neanche un'ora – risponde l'uomo, muovendo nervosamente la gamba.
— E perché è andato via subito?
— Perché mia moglie ha voluto così – risponde, muovendo la gamba in modo ancora più insistente.
— Stia fermo e beva meno caffè! – urla il vicecommissario.
— Non bevo caffè, è solo un movimento involontario.
— Le succede quando è troppo nervoso? – continua Palmisano maliziosamente.
— Andiamo avanti! – esclama il commissario. - Signor Maggio, com'erano i rapporti tra lei e sua moglie?
— Abbiamo avuto un brutto periodo, ma la situazione stava andando meglio.
— Cioè?
— Commissario… lo sa come siamo noi uomini…
— No, non lo so, come siamo? – chiede con calma.

Il signor Maggio fa un lungo sospiro e dice:

– Circa due anni fa *ho avuto una storia* (= *ho avuto una relazione sentimentale e sessuale*) con una mia collega. Dopo diversi mesi mia moglie l'ha scoperto e mi ha lasciato. Però io l'amavo e le ho chiesto di perdonarmi molte volte.
– E sua moglie l'aveva perdonato? – dice il commissario, guardando l'uomo dritto negli occhi.
– Quasi – risponde lui. – Infatti aveva ricominciato a parlare con me, ad accettare i passaggi in macchina…
– Però non lo ha voluto a Vieste, o no? – interviene il vicecommissario nel suo solito modo aggressivo.

Il commissario alza il braccio per zittire Palmisano.

– Sì, mi ha mandato via. Per questo motivo ho detto che mi aveva quasi perdonato! – risponde l'uomo, mentre le lacrime gli riempiono gli occhi.
– Vuole un bicchier d'acqua? – dice il commissario.
– No, grazie, sto bene.

Il commissario riprende allora l'interrogatorio:

— Che lavoro fa, signor Maggio?
— Lavoro in una società di assicurazioni.
— E sua moglie aveva una polizza sulla vita?
— Sì, e io ne ero il beneficiario, ma dall'assicurazione non riceverò un euro perché mia moglie non è morta per problemi di salute o per un incidente stradale.

Il commissario annuisce lentamente.

— Va bene, signor Maggio… e, ci dica, in questi giorni è stato sempre a Macerata?

La gamba dell'uomo smette di muoversi all'istante.

— Sì… ho lavorato molto. Lo possono confermare i miei collaboratori.
— Stia sicuro che controlleremo. Ora può andare.

L'uomo fissa a turno i nostri volti: quello serio del commissario, quello furente di Palmisano e il mio, leggermente sorpreso.

– Posso?

– Sì, per il momento.

Il signor Maggio si alza lentamente. Anch'io mi alzo e l'accompagno alla porta. Lui prima di uscire si gira e, rivolgendosi a tutti, dice:

– Non ho ucciso io mia moglie. Trovate la bestia rabbiosa che lo ha fatto!

Mentre lo vedo allontanarsi, sento la voce gentile del commissario che mi fa:

– Costa, torni qui, dobbiamo *fare il punto della situazione* (= *esaminare ogni cosa per chiarire la situazione*).

Riassunto capitolo 7

Il commissario Totaro chiama nel suo ufficio l'ispettrice Costa. Quando lei entra, trova già là anche il vicecommissario e l'ex marito della vittima, Andrea Maggio. L'ispettrice pensa che l'uomo sia molto affascinante ed elegante.

Il commissario fa molte domande al signor Maggio e questi risponde di aver accompagnato la sua ex moglie a Vieste con la macchina, ma che era poi rimasto in città solo per un'ora.

Mentre risponde alle domande, l'uomo muove continuamente la gamba. Il vicecommissario gli ordina di stare fermo e di non bere troppi caffè, il signor Maggio risponde che non beve caffè e che il movimento della gamba è involontario.

Il commissario non apprezza l'intromissione nell'interrogatorio del vice Palmisano e continua con le sue domande.

Il signor Maggio risponde di aver tradito circa due anni prima sua moglie con una collega di lavoro. Sua moglie lo aveva scoperto e per questo motivo lo aveva lasciato. Il loro rapporto stava migliorando, anche se la sua ex moglie non voleva passare più del tempo insieme a lui. L'uomo sta quasi per piangere.

Quando il commissario gli chiede che lavoro fa, lui risponde che lavora in una società di assicurazioni, ma che non ha ucciso sua moglie per prendere i soldi della polizza sulla vita, perché nei casi di omicidio l'assicurazione non paga.

Alla fine dell'interrogatorio il signor Maggio dichiara di essere stato tutta la settimana a Macerata, perché aveva molto lavoro da fare. Il commissario dice che controlleranno il suo alibi e poi gli ordina di andare.

Il signor Maggio sembra molto sorpreso da queste parole, ma va verso l'uscita accompagnato dall'ispettrice. Prima di uscire dall'ufficio dichiara di essere innocente ed esorta la polizia a trovare l'assassino.

Subito dopo il commissario ordina all'ispettrice di tornare a sedersi, perché devono parlare delle indagini.

Capitolo 8

Mi metto seduta sulla sedia dove prima c'era Andrea Maggio, anche se stare più vicino al vicecommissario Palmisano mi dà la nausea per la puzza di sigaro sui suoi vestiti.

– Dunque, ecco le foto della Scientifica – dice il commissario Totaro.

Abbasso lo sguardo sulle foto e vedo Beatrice Zara sul pavimento della sua cucina: ha la faccia a terra, i capelli lunghi le coprono quasi del tutto la parte sinistra del viso, un vestito a fiori le lascia scoperte gambe e braccia, all'anulare sinistro non porta *la fede* (= *anello del matrimonio*), la schiena mostra segni di ferite profonde, chiazze di sangue sono ai lati del suo corpo. Forse la donna è stata colpita *a tradimento* (= *alle spalle*) o forse ha visto l'assassino con l'arma e ha provato a scappare.

– Sul frigo hanno trovato lo smartphone della vittima. Era scarico. Sul tavolo della cucina c'era una tazzina

sporca di caffè e nel lavandino c'era una caffettiera e due piattini.
– A che cosa le servivano due piattini per una tazza sola? – chiedo io. – Forse l'altra tazzina è stata portata via dall'assassino per cancellare tracce del suo DNA.
– È probabile, e se la vittima ha offerto un caffè al suo assassino, probabilmente lo conosceva – conclude il commissario.
– Sicuramente è così – aggiunge Palmisano.
– Concordo.
– La Scientifica ha poi trovato sul mobile all'ingresso due mazzi di chiavi, in entrambi i mazzi c'erano le chiavi dell'appartamento di via Trieste, e anche alcuni spiccioli. Nella borsa della vittima, invece, sono stati trovati dei fazzolettini di carta, uno specchietto, un paio di occhiali da sole e un portafoglio blu di pelle.
– Cosa c'era nel portafoglio? – chiedo.
– Ho qui l'elenco: sessantasei euro, la carta d'identità, due carte di credito, una *carta fedeltà* (= *tessera che ti dà punti e premi per gli acquisti fatti*) del supermercato, la

patente, alcuni scontrini del supermercato emessi il 15 luglio e, cosa interessantissima, una ricevuta del *bancomat* (= *dispositivo per prendere il denaro contante*) emessa il 16 luglio alle 17:37… la vittima ha prelevato cinquecento euro, e *per finire* (= *alla fine*) c'è uno scontrino di trentaquattro euro del ristorante Il Saraceno, emesso il 17 luglio alle 22:07.

– Probabilmente la sua ultima notte da viva – dico sospirando.

– *Già…* (= *proprio così*) – conclude il commissario.

– Allora credo sia fondamentale interrogare *il personale* (= *tutti i lavoratori*) del ristorante – continuo io.

Palmisano, con il suo solito ghigno sulla faccia, dice al commissario:

– Se lei non ha niente in contrario io *resto alle calcagna* (= *continuo a seguire tutti i movimenti*) del marito, perché è chiarissimo che sia lui l'assassino!

Il commissario lo guarda perplesso.

— Palmisano, veramente non è così chiaro, abbiamo le dichiarazioni delle persone nel palazzo che…
— Commissario, è stato Maggio! Non ha visto com'era nervoso? Ha ucciso la moglie perché lei lo rifiutava.
— Forse è così, ma dobbiamo *battere tutte le piste* (= *seguire tutte le strade possibili*)… comunque, va bene, *per il momento* (= *per adesso*) si occupi di Maggio mentre l'ispettrice si occuperà del ristorante. Ora andate e tenetemi aggiornato sugli sviluppi del caso.
— Agli ordini. Ah, commissario, in casa della Zara sono stati trovati i restanti quattrocento euro non spesi? – chiedo.
— No, probabilmente li ha rubati l'assassino.

Annuisco, saluto il commissario e vado verso la porta. Il vicecommissario, con la sua solita maleducazione, mi passa avanti ed esce ignorandomi completamente.

Riassunto capitolo 8

L'ispettrice si mette seduta accanto al vicecommissario Palmisano, che puzza di sigaro in modo disgustoso.

Il commissario Totaro mostra all'ispettrice le foto scattate sulla scena del crimine: Beatrice Zara si trova stesa a terra, con la faccia sul pavimento e i capelli che le coprono la parte sinistra del viso; ha le braccia e le gambe scoperte; non porta l'anello del matrimonio e ha ferite profonde alla schiena per le pugnalate ricevute.

Tra gli oggetti trovati in cucina c'è lo smartphone scarico, una tazzina da caffè, una caffettiera e due piattini. Tutti concordano sul fatto che l'assassino conoscesse la vittima e che abbia portato via l'altra tazzina per non lasciare tracce di DNA.

Il commissario, poi, elenca ciò che è stato trovato nel portafoglio della signora Zara, tra cui 66 euro, uno scontrino di 34 euro rilasciato il 17 luglio dal ristorante Il Saraceno e la ricevuta di un bancomat per un prelievo di 500 euro.

L'ispettrice dice al commissario che parlerà con le persone che lavorano al ristorante. Il vicecommissario, invece, vuole fare indagini più approfondite sull'ex marito della vittima, perché è convinto che sia lui l'assassino.

Il commissario acconsente alle loro richieste.

L'ispettrice, prima di andare via, chiede al commissario se sono stati trovati i 400 euro non spesi dalla Zara e lui risponde che probabilmente deve averli rubati l'assassino.

L'ispettrice va verso la porta, ma il vicecommissario, sempre molto maleducato, affretta il passo ed esce dall'ufficio prima di lei.

Capitolo 9

Supero Marina Piccola e salgo in alto, tra i vicoli tortuosi di Vieste Vecchia.

Dalle finestre delle case bianche proviene un profumo di pomodorini, aglio, peperoni e vorrei solo sedermi a tavola e assaporarne il gusto. I bambini mi passano accanto mentre si rincorrono sulle gradinate e ridono, come io non faccio da molto tempo.

Arrivo alla Chianca Amara e, dopo l'ennesima curva, arrivo davanti al ristorante Il Saraceno. I tavoli all'esterno sono già apparecchiati. Mi avvicino all'entrata e, subito dopo, viene fuori una donna con la divisa da cameriera.

— La cucina è ancora chiusa – dice, poi spalanca gli occhi. – Barbara, *da quanto tempo (= sono passati molti anni dall'ultima volta che ci siamo viste)*! – esclama ridendo.

— Rosaria! Ma che bello vederti! Lavori qui adesso?

Lei mi viene incontro e ci abbracciamo.

— Eh sì... purtroppo – aggiunge abbassando la voce.

– Non hai più il laboratorio di sartoria?
– No, le tasse erano troppe e io non guadagnavo abbastanza. La gente ormai compra vestiti super economici o va su internet. Nessuno ha più bisogno di una sarta... tu, invece?
– Sono diventata ispettrice di polizia.
– Congratulazioni – dice senza molto entusiasmo.
– Grazie, e sono qui proprio *in veste di* (= *come*) ispettrice. Forse tu puoi aiutarmi.
– Dimmi... ma facciamo presto: il capo è in cucina e non vuole che parliamo *durante il servizio* (= *mentre lavoriamo*).
– Va bene. Eri qui mercoledì sera?
– Certo, come sempre. Gli schiavi sono trattati meglio. Ma perché me lo chiedi?
– Perché il 17 ha cenato qui una donna sui quarant'anni, capelli lunghi e rossi, con un accento non del Sud...
– Che tipo di accento? – mi interrompe lei con un leggero tremito della voce.
– Marchigiano.
– Non dirmi che stai cercando Beatrice Zara!

— Sì, proprio lei. La conoscevi?
— Che significa: la conoscevo? La conosco.

Resto in silenzio e mi guardo intorno.

— Ma che è successo? Dimmi!
— È morta.

Rosaria sbarra gli occhi portandosi la mano alla bocca e si lascia cadere sulla sedia più vicina. Io mi metto seduta accanto a lei.

— È stata uccisa…
— Uccisa?
— Sì, per questo stiamo indagando. Mi dispiace. La conoscevi bene?
— Da quando eravamo bambine.
— *Te la senti* (= *hai la forza*) di rispondere a qualche domanda?
— Sì… me la sento – risponde sussurrando.
— Ti ricordi se era sola quella sera?
— Era sola e tranquilla.
— *Avete scambiato due parole* (= *avete parlato un po'*)?
— Ci siamo solo salutate perché non era il mio tavolo.

— Allora chi l'ha servita?
— Il mio collega Gigi. Ora sta al bar. Se vuoi, te lo chiamo. L'ho visto chiacchierare parecchio con lei quella sera, *sfidando* anche *l'ira* (= *rischiando la reazione rabbiosa*) del capo.
— Sì, chiamamelo… grazie.

Lei si alza dalla sedia quasi senza forze.

— Rosaria, mi dispiace.
— Così è la vita: un giorno ci sei e il giorno dopo non ci sei più – dice rientrando nel ristorante.

Io alzo gli occhi al cielo, inspirando ed espirando lentamente per alleggerire la tensione, poi torno a guardare la porta del ristorante. Ne esce fuori un uomo di circa quarant'anni, con capelli neri cortissimi, grandi occhi scuri e labbra carnose sul viso squadrato e abbronzato.

— Sono Gigi Florio – dice con la faccia sconvolta. – Rosaria me l'ha appena detto. Non ci posso credere!
— Anche lei conosceva bene la signora Zara?

Lui fa di sì con la testa, appoggiando le mani sullo schienale di una sedia.

- – Quella sera abbiamo parlato tra un piatto e l'altro.
- – Che cosa vi siete detti?
- – Beatrice era felicissima di essere tornata a Vieste dopo tanti anni e voleva ristrutturare la casa dei suoi genitori. Ho visto che non portava la fede al dito, perciò le ho chiesto di Andrea.
- – E…?
- – Mi ha detto che suo marito era uno stronzo e che con me invece… aveva dei ricordi meravigliosi.

Gigi Florio sospira.

- – Quindi lei e la signora Zara…
- – Siamo stati insieme per tre estati da adolescenti, ero anche andata a trovarla un paio di volte a Macerata, quando lei non veniva più a Vieste. Poi, dopo *la maturità* (= *il diploma di scuola superiore*), è andata in Inghilterra per due mesi e, quando è tornata a Macerata, ha incontrato il suo futuro marito… perciò, fine della storia.

– Senta, quella sera la signora le ha raccontato i motivi della separazione?
– Mi ha detto che lui l'aveva tradita con una collega e lei l'aveva cacciato di casa.
– E com'erano i rapporti con il marito dopo il tradimento?
– Lui la tormentava.
– Ah sì?
– Sì, voleva tornare con lei *a tutti i costi* (= *in qualunque modo*), diceva che l'amava, che non poteva stare senza di lei!

Una mosca si appoggia sulla mano di Gigi Florio e lui la scaccia via.

– Sa se il marito era a Vieste con lei?
– No, lui non c'era.

La mosca ritorna appoggiandosi sul naso dell'uomo e lui sbotta:

- Maledette mosche!... Va bene, adesso però devo andare. Non posso perdere pure il lavoro! Le ho detto tutto quello che sapevo.
– Vada pure, la ringrazio.

Mentre il cameriere sta per rientrare quasi barcollando nel ristorante, i miei occhi cadono sulle sue calzature. Sono delle scarpe da ginnastica nere molto particolari: hanno una cintura intorno alla caviglia con tre piccole borchie argentate a punta.

– Florio?
– Sì?
– Lei è stato a casa della signora Zara nei giorni scorsi?
– Certo che no! – ed entra nel ristorante, *lanciandomi fiamme dagli occhi* (= *guardandomi con odio*).

Resto fuori dal ristorante ancora per qualche istante. Di nuovo inspiro ed espiro lentamente per fare chiarezza nei miei pensieri: è davvero improbabile che a Vieste ci siano due amici della vittima che portino lo stesso strano paio di scarpe.

Anche di questo devo informare il commissario.

Riassunto capitolo 9

L'ispettrice va a Vieste Vecchia e arriva al ristorante Il Saraceno.

La cameriera che esce dalla porta del ristorante è la sua amica Rosaria, che non vede da parecchio tempo.

Quando l'ispettrice le chiede se si ricorda di una donna con i capelli lunghi e rossi, con un accento delle Marche, che ha cenato al ristorante il 17 luglio, Rosaria capisce subito che quella donna è la sua cara amica Beatrice Zara.

L'ispettrice dà a Rosaria la terribile notizia della sua morte. Rosaria è scioccata e dice all'ispettrice che la Zara era sola quella sera, ma aveva parlato molto con il suo collega Gigi Florio che la stava servendo al tavolo.

Rosaria saluta l'ispettrice e chiama il suo collega che è all'interno del ristorante.

Poco dopo Florio esce dal ristorante, incredulo alla notizia della morte di Beatrice Zara.

L'ispettrice gli fa delle domande e scopre che, tanti anni prima, lui e la vittima avevano avuto una storia d'amore, ma poi si erano lasciati perché la Zara si era innamorata di Andrea Maggio e aveva deciso di sposarlo. Scopre anche che Beatrice Zara ricordava con nostalgia i bei momenti passati con lui, che voleva ristrutturare la casa delle vacanze per passare più tempo a Vieste e che l'ex marito non accettava la separazione.

Gigi Florio sembra molto nervoso e dice all'ispettrice che deve tornare a lavorare.

Mentre l'uomo si allontana, l'ispettrice vede ai suoi piedi le stesse scarpe che aveva descritto Mirella, perciò richiama Florio e gli chiede se negli ultimi giorni è stato a casa della Zara. Lui nega con rabbia.

L'ispettrice lo vede entrare nel ristorante ed è sicura che sia lui l'uomo entrato nel palazzo con la Zara martedì 16, così va a comunicare la notizia al commissario.

Capitolo 10

Rosaria è seduta sul divano del mio salotto. Il ventilatore è acceso per dare un po' di frescura a queste ore roventi di metà pomeriggio.

- – Che ti offro? Un caffè, un tè freddo… acqua? – le chiedo io aprendo il frigo.
- – Solo acqua, grazie.

Verso l'acqua fresca in una caraffa, prendo due bicchieri e mi siedo anch'io sul divano.

- – Scusa se sono qui, ma dovevo parlarti – mi dice Rosaria, guardandosi i piedi.
- – Sembra importante – le faccio io, vedendo il suo volto serio.
- – Lo è. Riguarda Beatrice Zara.

Sono sorpresa.

- – Ieri ero troppo scioccata per la notizia… e poi al ristorante non potevo parlare – continua lei.

– Ti ascolto.
– Volevo dirti che la morte di Bea mi ha scioccata più di quanto immagini perché… lei era mia sorella.

Sgrano gli occhi per lo stupore. Riempio un bicchiere con l'acqua e ne bevo un sorso.

– Beh, eravamo sorellastre – prosegue. - Quando Bea aveva tre anni, sono nata io. Suo padre… nostro padre, aveva avuto una storia con mia madre. Per lui fu solo un'avventura estiva, ma per mia madre fu il grande amore.
– Tuo padre biologico sapeva che tu eri sua figlia?
– No, mia madre non gliel'ha mai detto. E non l'ha detto neanche a me.
– Allora come lo hai scoperto?
– Beatrice, lei me lo ha detto! Lo aveva "percepito". Insomma, Beatrice aveva dei poteri paranormali.

Annuisco.

– *Ne sono* già *al corrente* (= *lo so*).

– Chi te l'ha detto? Non era una cosa che Beatrice *diceva in giro* (= *diceva a tutti*).
– Non è importante, continua.

Lei fa un leggero respiro e si versa l'acqua nel bicchiere. Beve, guardando davanti a sé.

– Barbara, devo dirti anche un'altra cosa – aggiunge.

Il silenzio scende nella stanza, rotto solo dal ticchettio dell'orologio a muro.

– Non ho visto Beatrice solo quella sera al ristorante. Il pomeriggio del giorno prima abbiamo chiacchierato a lungo. Lei mi aveva raccontato della morte di nostro padre, di sua madre e io le avevo raccontato del lavoro schifoso che mi tocca fare al ristorante per pagare l'affitto, le bollette… così, mi sono fatta coraggio e le ho chiesto se…
– Se?
– Poteva *darmi una mano* (= *aiutarmi*), visto che ero la sua sorellastra.
– E lei?

Rosaria comincia a piangere.

- Prima mi ha detto che avrebbe ristrutturato la casa dei suoi genitori e io avrei potuto viverci senza problemi, perché una metà apparteneva anche a me...
- Davvero generoso da parte sua.
- Infatti! E poi mi ha dato quattrocento euro in contanti!
- Quattrocento?
- Sì, senza pensarci un secondo.

Penso alla ricevuta del bancomat di cinquecento euro di martedì 16 alle 17:37 e i sessantasei euro rimasti nel portafoglio dopo il conto di trentaquattro euro per la cena al ristorante. Tutto coincide alla perfezione.

- Ora devo proprio andare... il mio collega non vuole che faccia ritardo.
- Chi: Florio?
- Sì.
- Sapevi che è stato l'ex fidanzato di Beatrice? – chiedo.

– Certo! Quando lei l'ha lasciato, *ci è rimasto malissimo* (= *ha sofferto molto*).
– Pensi che il tuo collega provasse ancora del risentimento nei confronti della tua sorellastra?
– Forse tanto tempo fa, ma quella sera al ristorante parlavano tranquillamente, si sorridevano.
– Va bene, Rosaria, ti lascio andare. Grazie mille per essere venuta da me.
– Sentivo che dovevo farlo, però mi raccomando: la nostra conversazione deve restare un segreto! – mi dice, afferrandomi le mani. – Mio padre non sa che non sono la sua vera figlia. Immagini che cosa potrebbe succedere se venisse fuori la verità?
– Stai tranquilla. Resterà un segreto.

L'accompagno alla porta e mi sento frastornata: prima la menzogna di Gigi Florio, ora tutta questa faccenda di Rosaria.

Per togliermi ogni dubbio farò subito *una visitina* (= *visita non piacevole per chi la riceve*) a Florio, e questa volta dovrà parlare.

Riassunto capitolo 10

Rosaria, la cameriera, è a casa dell'ispettrice perché ha bisogno di dirle delle cose importanti.

L'ispettrice, dopo aver preso dell'acqua fresca, va a sedersi sul divano accanto a Rosaria.

Rosaria rivela che sua madre aveva avuto una relazione con il padre di Beatrice, quindi Beatrice era la sua sorellastra. Sua madre non ha mai rivelato a nessuno la verità, ma lei è riuscita a scoprirla grazie ai poteri extrasensoriali di Beatrice.

Rosaria dice inoltre che martedì 16, nel pomeriggio, aveva incontrato Beatrice, le aveva parlato del suo brutto lavoro al ristorante, dei suoi problemi di denaro e, alla fine, le aveva anche chiesto un aiuto economico. La sorellastra le aveva risposto che poteva vivere nell'appartamento di Vieste che stava per ristrutturare e subito dopo le aveva dato 400 euro.

Questa dichiarazione spiega il motivo per cui mancavano quei soldi dalla casa e dal portafoglio di Beatrice.

Si è fatto tardi e Rosaria dice che deve andare subito al ristorante, perché il suo collega Florio non vuole che lei arrivi in ritardo al lavoro.

L'ispettrice, allora, chiede a Rosaria se sa che Florio è stato l'ex fidanzato di Beatrice e Rosaria risponde di sì, poi informa l'ispettrice che Florio ha provato del risentimento per Beatrice quando si erano lasciati, però adesso sembravano felici e sereni mentre parlavano.

L'ispettrice accompagna Rosaria alla porta e pensa che deve parlare di nuovo e al più presto con Gigi Florio, perché ha molti dubbi su di lui.

Capitolo 11

È quasi mezzanotte quando Gigi Florio finisce il suo turno. Non si accorge di me perché ha gli occhi rivolti in basso. Ha un'andatura stanca e il volto serio.
Gli passo vicino toccandogli la spalla, lui alza lo sguardo e mi riconosce.

– Ispettrice! – esclama spaventato.
– Buonasera – dico. – *Le va di (= vuole) fare due chiacchiere (= parlare un po')*?

Florio ha un'espressione smarrita.

– *A che riguardo (= di che cosa dobbiamo parlare)*? – chiede.
– Non lo immagina?
– Beatrice? Veramente sono stanchissimo, ho solo voglia di farmi una birra e andarmene a letto.
– Se vuole possiamo bere una birra insieme. Non sono in servizio.

Lui si guarda attorno, sospira e poi accetta la mia proposta. Prendiamo due bottiglie piccole di birra e andiamo a sederci su una panchina. Florio si scola la birra quasi per metà, io invece me la gusto a piccoli sorsi.

– Allora, che cosa vuole sapere da me? – mi chiede lui, senza guardarmi negli occhi.
– Voglio sapere se davvero quella sera al ristorante è stata la prima volta che rivedeva la sua ex fidanzata dopo tanti anni.
– Se me lo chiede è perché sa già che non è stata la prima volta.

Sorrido.

– Appunto. Mi racconti ogni cosa.

Lui si scola l'altra metà della birra, appoggia la bottiglietta vuota a terra e comincia il suo racconto.

– L'avevo vista il giorno prima. È stato dopo il turno serale al ristorante... più o meno a quest'ora. Beatrice era passata davanti al ristorante e mi aveva visto lavorare. Ha aspettato che finissi il turno e mi ha salutato. Erano tanti anni che non la vedevo, ma l'ho riconosciuta immediatamente. Il sorriso e gli occhi erano rimasti gli stessi.

– Dove siete andati quella sera?
– Verso il porto. Abbiamo parlato dei tempi passati e della nostra vita attuale. È stato in quel momento che mi ha parlato dei suoi problemi con il marito. Io le ho detto che non ero sposato e non avevo neppure una fidanzata, che facevo il cameriere a tempo pieno... *cose così* (= *argomenti di questo tipo*).
– E poi cos'è successo?
– Dal porto siamo arrivati sotto casa sua e lei mi ha invitato a salire.
– Ha accettato, immagino.
– Certamente.
– E, scusi l'indiscrezione, avete fatto sesso?

Lui mi guarda immobile.

– Beh, io pensavo che *ci sarebbe stato un ritorno di fiamma* (= *sarebbe tornato l'amore*) e invece...
– Si spieghi meglio.

86

— Ci stavamo baciando, sembrava che andasse tutto bene ma, a un certo punto, ha cominciato a toccarsi la testa, diceva che le faceva male, che non riusciva a respirare... così si è staccata da me e ha cominciato a camminare su e giù, come un animale in gabbia.

Mi tornano alla mente le parole di Alfredo Prenna, il giovane del secondo piano.

— E dopo?
— Mi ha chiesto con insistenza di lasciarla sola... e sono andato via.
— Signor Florio, perché non mi ha raccontato prima di quest'incontro?

Lui si passa le mani sulle gambe e sbotta:

— Avevo paura! Insomma, io non c'entro niente con questo omicidio!
— Si calmi.

– E come faccio a calmarmi? Ho perso per la seconda volta la donna che amavo e vengo anche interrogato come se fossi l'assassino, mentre il marito è *a piede libero* (= *non è in prigione*) e *in santa pace* (= *tranquillo*).
– Sto solo facendo il mio lavoro. Per esperienza so che anche la più piccola informazione può essere importante.
– Va bene, va bene… ora posso andare? – mi dice fissandomi in cagnesco.
– Ho lavorato tutto il giorno e sono distrutto.
– Vada pure.

Florio raccoglie la bottiglia da terra e si allontana velocemente. Io, invece, resto sulla panchina con la bottiglia di birra piena ancora per *tre quarti* (= ¾) e non ho più voglia di finirla.

Si alza *un filo di vento* (= *un po' di vento*). Finalmente! Quest'aria rinfresca un po' anche i pensieri.

Per vedere che ore sono, prendo il cellulare dalla borsa e vedo che ho undici messaggi da leggere. Un messaggio delle 20.39 viene dall'ufficio:

ISPETTRICE, L'HA CHIAMATA IL SIGNOR TRICARICO.
AVEVA DELLE COSE DA DIRLE.
LO RICHIAMI ALLO 0884/…

Che stupida! Ma perché non ho controllato prima il cellulare? Di sicuro domattina sarà la prima telefonata che farò!

Riassunto capitolo 11

È quasi mezzanotte e l'ispettrice aspetta Florio fuori dal ristorante.

Il cameriere finisce il suo turno di lavoro e l'ispettrice gli dice che ha bisogno di parlare con lui. L'uomo è stanco e vorrebbe solo tornare a casa, ma poi accetta di parlare con lei.

Prima prendono una birra e poi vanno a sedersi su una panchina.

L'uomo ammette di essere uscito con Beatrice Zara martedì 16, dopo il turno di lavoro serale. Hanno passeggiato insieme fino al porto, parlando dei vecchi tempi e della loro vita sentimentale attuale: lei separata e lui senza né moglie né fidanzata. Beatrice lo ha anche invitato a salire nel suo appartamento e lui ha accettato.

L'ispettrice chiede se hanno fatto sesso quella sera e lui risponde che sperava di farlo ma non è successo, perché lei si è sentita male e gli ha ordinato di andare via.

L'ispettrice chiede a Florio perché non le ha dato prima queste informazioni e lui le risponde che aveva paura di essere accusato di omicidio. L'uomo è molto arrabbiato perché ha perso Beatrice per la seconda volta a causa di Andrea Maggio.

L'uomo torna a casa e l'ispettrice resta ancora un po' sulla panchina. Controlla il suo cellulare e vede che ha ricevuto diversi messaggi, tra cui uno dall'ufficio. In questo messaggio un agente le dice di richiamare Corrado Tricarico perché ha bisogno di parlare con lei.

L'ispettrice è un po' arrabbiata con se stessa per non aver controllato prima i messaggi e si ripromette di chiamare Tricarico la mattina seguente.

Capitolo 12

Ho dormito male questa notte. Lo sapevo che non dovevo bere neanche due sorsi di birra.

Spalanco la porta-finestra ed esco sul balcone. Subito l'azzurro del mare mi invade gli occhi, l'odore pungente della salsedine mi entra nei polmoni e l'aria fresca del mattino mi attraversa la pelle, dandomi brividi che non riesco a controllare.

Mi sento viva e in un istante penso che Beatrice Zara non potrà più provare quello che sto provando io. Qualcuno ha deciso di chiudere i suoi occhi per sempre.

Rientro in casa e guardo l'orologio a muro che ho in cucina: sono le 6:50. Devo sbrigarmi! Colazione, doccia e ufficio. Ma prima chiamerò il signor Tricarico, non posso aspettare.

DRIN, DRIN, DRIN…

Forse Tricarico mi ha letto nel pensiero? Corro a rispondere.

— Pronto?
— Ispettrice, mentre lei dormiva, io facevo arrestare il marito della vittima! – dichiara trionfante il vicecommissario.
— Ah…
— "Ah" è tutto quello che sa dire?

Cerco di trattenere la rabbia per non insultare Palmisano.

— Beh, mi *ha colto alla sprovvista* (= *sono confusa per la notizia improvvisa*). Suppongo che ci siano prove sufficienti per…
— Certo che ci sono! – mi interrompe. – Pensa che io sia *un novellino* (= *un principiante insicuro*)?
— Mai pensato una cosa simile – rispondo, anche se lo penso.
— Ci vediamo in ufficio! – e mi *chiude il telefono in faccia* (= *chiude la chiamata senza salutare*).

La maleducazione di quest'uomo ha raggiunto livelli stratosferici.

Faccio un lungo respiro e, senza sprecare tempo, compongo il numero di Tricarico. Al secondo squillo mi risponde la voce rauca inconfondibile dell'uomo.

— Sono l'ispettrice Costa. Mi hanno riferito che mi ha chiamata ieri sera.
— Sì, l'ho chiamata perché *mi è venuta in mente* (= *mi sono ricordato di*) una cosa: martedì o mercoledì, mentre stavo alla finestra, ho visto la signora Zara con la figlia di Franco Palmieri, il meccanico che ha l'officina a Pizzomunno.
— Chi: Rosaria?
— Sì, proprio Rosaria! La conosce?

Resto muta. Non capisco. Ma com'è possibile? Rosaria mi ha detto che la sua sorellastra è stata gentilissima con lei, le ha regalato perfino quattrocento euro *senza battere ciglio* (= *immediatamente*)!
Quindi mi ha mentito?

— Ispettrice, mi sente?

— La sento, non si preoccupi – dico, *tornando in me* (= *smettendo di pensare per tornare ad ascoltare*).
— Beh, insomma, queste due per poco non si picchiavano!
— E lei ha sentito cosa si dicevano?
— Eh no, questo no. Comunque, a un certo punto, la signora Zara si è allontanata, è entrata nel palazzo e la figlia di Palmieri l'ha seguita.
— E si ricorda che ora poteva essere?
— Io l'orologio non lo guardo mai, so solo che era sera.
— Va bene, signor Tricarico, grazie infinite per la telefonata. Le auguro buona giornata.

Chiudo la comunicazione e resto con lo sguardo fisso al telefono. Questa informazione *cambia le carte in tavola* (= *cambia la situazione che c'era prima*).
Rosaria mi ha davvero mentito per allontanare da lei ogni sospetto di omicidio? Oppure non è lei l'assassina, ma sa chi ha ucciso la Zara e sta cercando di coprirlo perché... è il suo collega Florio? È forse innamorata segretamente di

lui? Bene, se è così, il marito di Beatrice Zara è del tutto innocente e io devo scoprire la verità.

Riassunto capitolo 12

È mattina presto e l'ispettrice esce sul balcone per vedere il mare. Rientra in casa perché sono quasi le sette e, per non arrivare tardi in ufficio, deve sbrigarsi a chiamare Tricarico.

In quel momento sente gli squilli del telefono, risponde alla chiamata e sente il vicecommissario che le dice, in modo arrogante, di aver preso l'assassino della signora Zara: l'ex marito Andrea Maggio.

Chiusa la chiamata, l'ispettrice chiama il signor Tricarico. L'uomo le dice che la sera di martedì 16 o mercoledì 17 ha visto Rosaria Palmieri, figlia di un meccanico che ha l'officina a Pizzomunno, con la signora Zara. Le due donne erano molto arrabbiate e, quando Beatrice Zara era entrata nel palazzo, Rosaria Palmieri l'aveva seguita all'interno.

Ora l'ispettrice pensa che Rosaria le abbia detto delle bugie per evitare di essere sospettata di omicidio o per coprire il suo collega Florio, di cui forse è innamorata.

Quindi forse Andrea Maggio non ha ucciso sua moglie e l'ispettrice vuole scoprire la verità.

Capitolo 13

Mi attacco al campanello (= *continuo a suonare il campanello con insistenza*) di Rosaria. Alla fine la porta si spalanca e vedo lei con gli occhi semichiusi, i capelli arruffati e una maglietta a maniche corte tutta sgualcita che le copre a malapena il sedere.

- Barbara! – esclama lei intontita. – *Come mai* (= *perché*) a quest'ora?
- Scusa, ma devo parlarti! È troppo presto per te?

Rosaria mi lascia entrare.

- Prima, però, devo farmi un caffè, sennò non connetto. Lo vuoi anche tu?

Rifiuto il caffè e mi metto seduta al tavolo della cucina. Rosaria prepara la caffettiera, la mette sul fuoco e viene a sedersi di fronte a me.

- Allora? Di che cosa mi vuoi parlare?

- Senti, Rosaria… c'è qualcos'altro che dovrei sapere su di te e sulla tua sorellastra?
- *In che senso (= che cosa intendi)?*
- Nel senso: mi stai nascondendo qualcosa su quello che è successo fra te e lei?

Lei *sbianca (= diventa pallida in viso)*.

- Io non ti sto nascondendo proprio niente. Sospetti forse di me?

Resto in silenzio per un istante, guardandola negli occhi.

- Qualcuno ti ha vista litigare con Beatrice Zara - continuo.
- Che cosa? Ma non è assolutamente vero! Non abbiamo mai, e dico mai, litigato!
- Questa persona, invece, dice il contrario.
- Forse questa persona mi ha scambiata per un'altra, ci hai pensato? – urla, schizzando via dalla sedia.
- Calmati! Non sto dicendo che tu sia un'assassina.
- E allora perché mi fai queste domande?
- Perché sono una poliziotta e devo farlo.

Rosaria si riavvicina al tavolo.

- Voglio sapere chi è questo testimone! – dice, sbattendo ripetutamente l'indice sul piano di legno.
- No, lo sai che non posso.
- Invece credo che dovresti farlo! In nome della nostra "amicizia".

Ora sono io che mi alzo dalla sedia e comincio a girare per la stanza.

- Barbara, dimmi almeno dov'ero quando stavo "litigando" con Bea!

Resto in silenzio e rifletto *sul da farsi* (= *su quello che deve essere fatto*).

- E va bene, ma solo questo – dico, facendo un lungo sospiro.

La caffettiera comincia a borbottare. Rosaria mi fa cenno di aspettare, prende una tazzina dalla credenza e si versa il caffè.

– Sei proprio sicura che non lo vuoi? - mi chiede, alzando la caffettiera.

Cedo alla sua richiesta.

– E va bene, dammelo!

Rosaria versa il caffè in un'altra tazzina, che appoggia poi sul tavolo insieme alla zuccheriera e ai cucchiaini.
Entrambe torniamo a sederci e Rosaria mi guarda negli occhi.

– Allora, dove ci hanno viste "litigare"?
– Nei pressi della casa della tua sorellastra e, quando lei è entrata nel palazzo, tu l'hai seguita.
– A che ora?
– È successo di sera.
– Ma io non sono mai andata a casa sua di sera, ci sono andata solo una volta nel pomeriggio, poco prima di andare a lavorare al ristorante! Non stavamo affatto litigando e io non l'ho seguita! Siamo entrate insieme nel palazzo.

Rosaria mi sembra sincera e non ho prove che possano smentire in modo assoluto le parole del signor Tricarico o quelle della mia amica.

– Rosaria, tu hai qualche nemico… qualcuno che *ce l'ha con te* (= *ti odia*) per qualcosa?
– Sinceramente non credo. Non ho mai avuto problemi con nessuno, ma se mi dici il nome della persona che ha mentito su di me…
– Ho detto che non posso! – ribadisco io.

Rosaria resta in silenzio, sta pensando. Io continuo a sorseggiare il caffè. A un certo punto la mia amica dà voce ai suoi pensieri.

– Se questa persona mi ha vista entrare nel palazzo, stava passando per via Trieste. Via Trieste, però, è solo una strada secondaria, quindi questo o questa testimone, probabilmente, abita nel palazzo di Beatrice!

Io resto in silenzio, con la faccia impassibile.

– Ma chi ha potuto dire una menzogna così grave su di me in quel palazzo?... Ma sì, è Tricarico! – esclama, esultando.

– Perché sei così convinta che sia lui il testimone? – chiedo io, molto sorpresa.

– Perché tanto tempo fa lui e mio padre lavoravano insieme come muratori e sono anche diventati soci di un'impresa edile.

– Quindi costruivano case e le vendevano?

– Sì, ma un giorno mio padre ha scoperto che Tricarico lo stava truffando e derubando.

– E lo ha denunciato alla polizia?

– No, a quei tempi era più complicato denunciare.

– Allora che cosa ha fatto?

– Ha deciso di lasciare l'impresa edile, dicendo a tutti che Tricarico era un ladro. Ecco perché Tricarico odia mio padre e ora vuole vendicarsi buttando dei sospetti su di me per colpire lui, *ci metterei la mano sul fuoco (= sono sicurissima)*!

Se così stanno le cose (= se la situazione è questa), Rosaria potrebbe aver ragione.

- Che essere odioso! La moglie ha fatto benissimo a sparire! – continua Rosaria.
- Che vuoi dire?
- Non lo sai? Tanti anni fa la moglie di Tricarico lo ha lasciato *di punto in bianco* (= *improvvisamente*) e *non si è fatta più viva* (= *non ha più dato sue notizie*).
- Non avevano figli?
- Solo una, Gabriella. Dopo che la mamma è andata via, ha lasciato Vieste e si è stabilita a Milano. Insomma, lui adesso *è solo come un cane* (= *solo e abbandonato*) e se lo merita. *Raccoglie quello che ha seminato* (= *riceve il male che ha fatto agli altri durante la sua vita*).

Finisco il caffè e mi alzo dalla sedia.

- Ora devo andare. Mi aspettano in ufficio.
- Ci ho azzeccato, vero? È lui il testimone?
- Ho detto che devo andare. Ci risentiamo presto – rispondo soltanto, affrettando il passo.

Esco dall'appartamento di Rosaria, travolta da mille pensieri: gli scontrini, la scena del crimine, le dichiarazioni, le testimonianze, gli orari, le bugie, le mezze verità, ma soprattutto i malesseri di Beatrice Zara in quella casa.

Afferro il cellulare e chiamo la questura: devo subito parlare con il commissario, spiegargli che forse so chi è l'assassino e anche il suo movente.

So che lui mi darà ascolto, so che lui si fida di me.

Riassunto capitolo 13

È mattina presto e l'ispettrice va da Rosaria perché ha bisogno di parlare con lei. Rosaria stava dormendo, ma fa entrare l'ispettrice e va a prepararsi il caffè.

L'ispettrice si siede al tavolo della cucina e chiede a Rosaria di dirle la verità sul suo rapporto con la Zara, perché un testimone l'ha vista litigare con la sorellastra.

Rosaria dice urlando che non ha mai litigato con Beatrice e pensa che questo testimone l'abbia scambiata per un'altra donna. Rosaria è anche arrabbiata perché la sua amica ispettrice la sta trattando come un'assassina. L'ispettrice risponde che sta facendo semplicemente il suo lavoro.

Rosaria vuole sapere il nome della persona che le ha raccontato questa menzogna. L'ispettrice dice che non può farlo e le rivela soltanto che il testimone l'ha vista nei pressi di via Trieste e poi all'inseguimento di Zara nel palazzo.

Da queste parole Rosaria capisce che solo una persona poteva dire un'enorme menzogna su di lei: Corrado

Tricarico, che abita proprio nel palazzo di Beatrice. L'uomo aveva rubato molti soldi a suo padre, Franco Palmieri, quando lavoravano come muratori e costruivano case insieme. Il padre di Rosaria aveva detto a tutti che Tricarico era un ladro, quindi Rosaria crede che Tricarico stia cercando di far cadere i sospetti dell'omicidio su di lei per vendicarsi di suo padre.

Rosaria aggiunge anche che Tricarico è una persona cattiva e ha fatto bene la moglie ad andarsene e sparire per sempre.

L'ispettrice non conferma a Rosaria che è lui il testimone, ma si alza in fretta e va via.

L'ispettrice mette in ordine nella sua testa tutte le testimonianze, la scena del crimine, gli orari, i malesseri di Beatrice Zara e decide di chiamare subito il commissario Totaro per dirgli che molto probabilmente Andrea Maggio non è l'assassino.

Capitolo 14

Salgo al terzo piano di via Trieste 16 e apro la porta dell'appartamento di Beatrice Zara. Subito mi investe il tanfo di morte che ancora, dopo giorni, ristagna nelle stanze. Con me c'è l'agente Barra.

- Ispettrice, ma che ci facciamo qua? Il vicecommissario ha appena detto alla *Stampa* (= *giornalisti*) che il colpevole è il marito!
- Che prove hanno?
- Le telecamere mostrano la macchina dell'uomo in autostrada: precisamente al casello di Lesina-Poggio Imperiale alle 19:38 del 17 luglio!
- Quindi Maggio era tornato a Vieste e ci ha mentito…
- Sì! Il vicecommissario dice che sicuramente ha seguito la moglie mentre usciva per andare al ristorante, ha aspettato che finisse di cenare, l'ha seguita fino a casa, ha suonato alla sua porta, è entrato nell'appartamento e poi l'ha uccisa.

— Tutto sembra filare alla perfezione - dico frastornata, ma ancora dubbiosa.

— Ha detto bene, ispettrice, fila tutto alla perfezione: infatti alle 7:40 del 18 luglio Andrea Maggio era di nuovo in autostrada al casello di Civitanova!

— Quindi avrebbe avuto tutto il tempo per essere sulla scena del delitto e tornarsene a Macerata.

— Esattamente. Questa volta il vicecommissario ci ha azzeccato.

— Vedremo… se l'assassino è il marito sono felice che marcisca in carcere, ma se non fosse lui?

Vado in cucina e mi guardo intorno.

— Ispettrice, che cosa sta cercando?
— Una scopa.

L'agente Barra mi guarda con gli occhi sgranati.

— E che cosa deve farci? – chiede.

Non rispondo. Vedo la scopa in un angolo della cucina e l'afferro. Esco dalla cucina, attraverso il corridoio, vado in bagno e comincio a colpire il soffitto con il manico della scopa. Do dei colpi leggeri, *via via* (= *progressivamente*) sempre più potenti. Il suono è pieno, senza vibrazioni.

Passo alle due camere da letto e il risultato è identico: nessuna vibrazione quando colpisco il muro.

Mi sposto in cucina e anche qui il suono non produce vibrazioni.

Sospiro e, fermandomi nel corridoio, vedo la porta del ripostiglio.

Mi avvicino a passi lenti, apro la porta e accendo la luce: mi trovo dentro uno stanzino buio, lungo circa tre metri. Sulla parete destra vedo uno scaffale alto in legno, pieno di bottiglie, attrezzi da lavoro, riviste e giornali degli anni '80 e '90. Su tutto c'è uno spesso strato di polvere.

Do un colpo secco al soffitto e sento un tonfo, seguito da una vibrazione lunga e profonda.

– Barra, hai sentito anche tu la differenza di suono?
– Sì, qui ho sentito una vibrazione.
– Bravo, Barra! E questo che significa secondo te?
– Che tra il soffitto e il tetto c'è uno spazio vuoto.
– Giusto. Hai notato che qui il soffitto è anche più basso di quello delle altre stanze?

L'agente esce dal ripostiglio e guarda il soffitto del corridoio, poi riguarda quello del ripostiglio.

- È vero! – esclama.
- Diversi anni fa qualcuno ha costruito una parete in cartongesso.
- E allora? L'avranno fatto i genitori della Zara.
- Per quale ragione la famiglia Zara avrebbe dovuto abbassare il soffitto del ripostiglio?
- Non lo so.
- Sono certa che la famiglia Zara non aveva nessun motivo per costruire un soffitto inutilmente più basso, soprattutto in un ripostiglio dove serve più spazio… perciò lo ha costruito qualcun altro.

L'agente Barra mi guarda con lo sguardo perso. Non capisce.

Io afferro la scala attaccata alla parete e gli chiedo di passarmi il martello, che sta tra gli attrezzi sullo scaffale.

Salgo sulla scala e comincio a dare colpi al soffitto. Il muro si spacca facilmente. Colpisco sempre più forte e mi fermo solo quando una buona porzione del muro finisce in pezzi sul pavimento. Tossisco a causa dell'intonaco sbriciolato che mi è caduto addosso.

– Tutto bene? – mi chiede Barra.

Faccio "sì" con la testa e prendo il cellulare dalla tasca per usarlo come torcia.
Salgo gli ultimi pioli della scala e infilo testa e braccio nel buco che ho fatto nel soffitto.
Quando la luce del cellulare illumina lo spazio oscuro e nauseabondo, vedo un involucro di oltre un metro e mezzo, avvolto da nastro adesivo da imballaggio. Dopo tutti quegli anni è rimasto ben poco, ma la forma e le dimensioni non lasciano spazio ad alcun dubbio.
In quell'involucro c'è un corpo umano: la moglie scomparsa di Corrado Tricarico.

Riassunto capitolo 14

L'ispettrice e l'agente Barra entrano nell'appartamento di Beatrice Zara.

L'agente chiede all'ispettrice perché si trovano là, visto che il vicecommissario ha arrestato l'ex marito della vittima.

L'ispettrice chiede quali prove sono state trovate per arrestarlo e l'agente spiega che Maggio aveva detto di essere a Macerata mentre avveniva l'omicidio, invece la sua macchina era in autostrada verso Vieste proprio la sera del 17 luglio e in autostrada verso Macerata nelle prime ore del mattino del 18 luglio, quindi avrebbe avuto tutto il tempo per uccidere sua moglie e scappare via.

Nonostante questa rivelazione, l'ispettrice non è ancora sicura che Maggio sia l'assassino e, sotto lo sguardo perplesso dell'agente, prende una scopa e col manico batte il soffitto di tutte le stanze.

Quando colpisce il soffitto delle stanze il suono non ha vibrazioni, ma quando colpisce quello del ripostiglio il suono ha una vibrazione profonda. Questo significa una cosa sola: dietro quel muro c'è uno spazio vuoto.

L'ispettrice capisce che quel muro è stato aggiunto diversi anni prima e non è stata sicuramente la famiglia Zara a costruirlo, perché non ci sarebbe stato alcun motivo per farlo.

Così prende la scala che è appoggiata alla parete, chiede all'agente di passarle un martello e sale su, poi comincia a colpire il soffitto con il martello.

Il muro si sbriciola facilmente e l'ispettrice fa un buco abbastanza grande per passarci con la testa e vedere cosa c'è all'interno.

Quando la luce del cellulare illumina lo spazio vuoto, l'ispettrice vede un involucro avvolto da nastro adesivo. Dalla forma si capisce che all'interno di esso c'è un corpo umano, quello della moglie scomparsa di Corrado Tricarico.

Capitolo 15

L'atmosfera nell'ufficio oggi è più distesa. Finalmente sorrido e anche il commissario ha un aspetto rilassato.

– Ispettrice, sono felice che abbia seguito la sua intuizione. Il risultato è stato sorprendente!
– La ringrazio, commissario – rispondo, mentre Palmisano evita di guardarmi.
– Ora, però, ci spiega bene come è arrivata a lui! – continua.
– Beh, ho solo messo insieme tutti i pezzi del puzzle: la signora Iafisco aveva detto che era Corrado Tricarico a fare i piccoli lavori nell'appartamento quando la famiglia Zara era a Macerata, perciò doveva avere per forza le chiavi per entrare in casa.
– Quindi Tricarico ha usato le chiavi per entrare nell'appartamento e uccidere la signora Zara?
– No, commissario, Tricarico le chiavi non le aveva più. Nell'appartamento, infatti, sono stati trovati

due mazzi di chiavi… se lo ricorda? Uno di quei due apparteneva a Tricarico.

– Di questo non possiamo essere sicuri! Lui non l'ha detto! – ringhia il vicecommissario con la faccia a chiazze rosse.

Cerco di non perdere il sorriso e ribatto:

– Possiamo esserne sicuri perché, quando la signora Iafisco ha detto a Tricarico che da quell'appartamento proveniva una puzza di animali morti, lui non ha aperto la porta con le chiavi ma ha chiamato i vigili del fuoco.

– Giusto – dice il commissario, facendo su e giù con la testa.

– Inoltre dai racconti della signora Iafisco e dei due camerieri, Gigi Florio e Rosaria Palmieri, sappiamo che la signora Zara voleva ristrutturare l'appartamento e che stava cercando degli operai per fare il lavoro. Allora ho pensato: ma sì, lo ha detto sicuramente anche a Tricarico, che è stato un muratore e ha costruito l'intero condominio quando era giovane! Ma perché Tricarico non mi ha dato questa informazione quando ho parlato con lui? Voleva forse nascondere qualcosa alla polizia?

Il commissario guarda il vicecommissario e conclude:

- In effetti...
- Poi ho cominciato a escludere tutti i possibili colpevoli: i tre ragazzi del secondo piano perché non avevano alcun movente per uccidere la signora Zara, né per sesso né per il furto dei 400 euro, che erano stati regalati dalla Zara a Rosaria Palmieri; Gigi Florio, perché era salito a casa della vittima il giorno prima della morte della donna; Rosaria Palmieri, che era stata a casa della Zara ma ci era andata di pomeriggio ed era in ottimi rapporti con lei; e infine l'ex marito.

Palmisano vorrebbe incenerirmi con lo sguardo.

- E perché non poteva essere lui?
- Perché anche se era sicuramente l'ex marito l'uomo che ha visto di spalle la signora Iafisco quel

mercoledì 17 alle 22:30, non era però sulla scena del delitto quando è avvenuto l'omicidio!

Il commissario e il vicecommissario mi guardano incuriositi.

– A causa del caldo eccessivo, il medico legale ha stabilito approssimativamente la morte della Zara tra il 17 e il 18 luglio. Io, invece sono abbastanza sicura che sia avvenuta il 18 mattina – continuo.
– Come mai crede questo? – mi chiede il commissario.
– Dalle foto scattate sulla scena del crimine si vede che c'è una tazzina sul tavolo della cucina e una caffettiera con due piattini nel lavello. Ma nessuno fa il caffè di sera. Il caffè si fa al mattino.
– Quando arriva qualcuno per una visita si può fare il caffè anche a mezzanotte – dice ridacchiando il vicecommissario.
– Certo, potrebbe essere, ma non se l'ospite è l'ex marito della Zara. Quando eravamo in quest'ufficio e proprio lei gli ha detto: "Stia fermo e beva meno

caffè!", il signor Maggio le ha risposto: "Non bevo caffè". Se lo ricorda?

Il commissario sorride, mentre il vicecommissario si asciuga il sudore dalla fronte con il dorso della mano e va ad aprire la finestra. Credo che abbia la voglia irrefrenabile di accendersi un sigaro. Il commissario riprende con le domande.

– Va bene, ispettrice, ha escluso i possibili colpevoli, ma perché ha pensato che fosse proprio Tricarico l'assassino?
– A causa della telefonata che mi ha fatto: Tricarico, infatti, mi ha detto di aver visto la signora Rosaria Palmieri litigare con la Zara e poi entrare nel palazzo. Sono andata quindi dalla Palmieri per sentire la sua versione. Parlando con lei, però, ho scoperto che la moglie di Tricarico era scomparsa da Vieste tanti anni prima. Nessuno l'aveva più vista o sentita. Ed è stato in quel momento che *ho avuto l'illuminazione* (= *ho capito tutto*): Tricarico aveva il terrore che gli operai, durante la ristrutturazione,

potessero scoprire il corpo della moglie, che anni prima lui aveva ucciso e sepolto da qualche parte nell'appartamento della famiglia Zara. Insomma, aveva le chiavi dell'appartamento, la casa era disabitata e lui sapeva far bene un muro in cartongesso. Non poteva trovare un posto migliore per occultare il cadavere.

— Probabilmente è per questo motivo che la vittima aveva improvvisi malesseri quando era nell'appartamento… - mi interrompe il commissario.

— Proprio così, essendo una sensitiva, percepiva tutto l'orrore che nascondeva la sua casa… comunque, *tornando a noi* (= *tornando a quello che stavo dicendo prima dell'interruzione*), Tricarico il 18 mattina è salito all'ultimo piano, con una scusa si è fatto aprire o le ha restituito le chiavi dell'appartamento, la Zara gli ha offerto un caffè, lui lo ha bevuto e, quando lei si è girata di spalle, l'ha pugnalata. Alla fine, per allontanare da lui ogni sospetto, si è portato via la seconda tazzina, dimenticando il piattino, e ha raccontato la falsa storia della litigata di Rosaria

Palmieri con la vittima, per vendicarsi del padre della Palmieri a causa di una vecchia faccenda di lavoro.

– Ottimo lavoro, ispettrice! Tricarico si dichiara ancora innocente per entrambi gli omicidi, ma ci sono prove sufficienti per incriminarlo! Ora vada a casa e si rilassi. Se lo merita.

Con un leggero inchino della testa saluto i miei superiori ed esco dall'ufficio.

Fuori dalla questura mi accoglie la luce del tramonto, ma non voglio tornare subito a casa. Costeggiando Marina Piccola a passi lenti, vengo irresistibilmente attratta dalla lanterna del faro che gira senza sosta e penso che le verità sepolte, in fondo, sono come le ombre della notte: prima o poi, tornano alla luce.

Riassunto capitolo 15

Il commissario, il vicecommissario e l'ispettrice sono nell'ufficio.

Il commissario chiede all'ispettrice come ha fatto a capire che Corrado Tricarico fosse l'assassino e lei risponde che ha solo messo ordine nei fatti: Tricarico aveva le chiavi dell'appartamento di Beatrice Zara per i lavori di manutenzione, quindi poteva entrare e uscire da quella casa tutte le volte che voleva.

Quando il commissario le chiede se con quelle chiavi è entrato nell'appartamento della donna per ucciderla, l'ispettrice risponde che Tricarico le chiavi non le aveva più, perché altrimenti non avrebbe chiamato i vigili del fuoco per risolvere il problema della puzza nel palazzo.

Inoltre Beatrice Zara aveva detto a tutti, e sicuramente anche a Tricarico, che voleva ristrutturare l'appartamento. L'uomo, quindi, ha avuto il terrore che gli operai della ristrutturazione scoprissero il corpo della moglie nel soffitto del ripostiglio e ha pensato di uccidere la Zara la mattina di giovedì 18, dopo aver bevuto un caffè con lei.

Alcuni giorni dopo si è inventato la litigata furiosa tra Rosaria Palmieri e la Zara, in modo da allontanare da se stesso ogni sospetto e vendicarsi anche del padre di Rosaria che odiava da moltissimi anni.

Il commissario e l'ispettrice sono d'accordo sul fatto che i frequenti malesseri della Zara nel suo appartamento fossero causati dai poteri di sensitiva della donna: in quelle stanze c'era la morte e lei lo aveva percepito.

L'ispettrice dice poi di aver escluso tutti gli altri possibili colpevoli per le seguenti ragioni: i tre ragazzi gay perché non avevano nessun motivo per uccidere la Zara, né per sesso né per soldi, infatti i 400 euro che mancavano dal portafoglio della vittima non erano stati rubati, ma erano stati regalati dalla Zara a Rosaria Palmieri; Gigi Florio perché era stato nell'appartamento della vittima il giorno prima; e infine l'ex marito che era nell'appartamento della Zara la sera del 17, ma era ritornato a Macerata poche ore dopo. L'uomo non beveva caffè, quindi qualcun altro lo aveva bevuto con la Zara il mattino seguente.

Mentre il vicecommissario è molto arrabbiato perché l'ispettrice ha trovato il vero assassino, il commissario invece è molto soddisfatto del lavoro svolto da lei. Anche se Tricarico non ha ancora confessato gli omicidi, hanno prove sufficienti per farlo andare in prigione.

L'ispettrice saluta il commissario e il vicecommissario ed esce dall'ufficio. Fuori il sole sta tramontando e lei, guardando il buio illuminato dal bagliore del faro, pensa che anche le verità nascoste tornano sempre alla luce.

Prima di lasciare questo libro…

vi invito a consultare il mio blog LEARN ITALIAN WITH SONIA dove potrete trovare post sugli errori più comuni tra gli studenti, post giornalieri con audio per arricchire il lessico e perfezionare la pronuncia, correzioni delle vostre frasi nei commenti, spiegazioni di alcune regole grammaticali e brevi audio sul Life Coaching!

Mi raccomando, scrivetemi se avete dubbi linguistici o curiosità sulla cultura italiana e, se potete e volete, lasciate una breve recensione su Amazon nella vostra lingua o in italiano, perché il mio scopo principale come insegnante e scrittrice è capire come aiutarvi nel modo migliore.

Alla prossima!

Printed in Great Britain
by Amazon